El señor Ralph
y otros relatos

El señor Ralph
y otros relatos

Francisco Antonio Soto

www.librosenred.com

Dirección General: Marcelo Perazolo
Diseño de cubierta: Lucila Avalle
Diagramación de interiores: Guillermo W. Alegre

Primera edición en español - Impresión bajo demanda

© LibrosEnRed, 2014
Una marca registrada de Amertown International S.A.

ISBN: 978-1-62915-132-8

Para encargar más copias de este libro o conocer otros libros de esta colección visite www.librosenred.com

La lonchera

Hacía frío. Mucho frío. Manuel abrió los ojos con la flojera propia de aquellos momentos en los que el invierno te desnuda, incluso, a todos tus pensamientos nocturnos en aquella, su casa, envuelta por el bosque montañoso que era su gran vecino natural.

Entró el día por la amplia ventana de su cuarto con su mañana un tanto tímida; sintió mientras se despertaba esa mano caliente y suave de Rosa, siempre tendida sobre su frente para recibirlo día a día en un ejercicio táctil delicado.

Se vistió poco a poco estorbando su desempeño con el escaso sueño que aún le quedaba, mientras miraba con los ojos aún más cerrados que abiertos la almohada oliendo a fino que extendía sus brazos para continuar la noche y engañar a la mañana.

El cabello todo volteado se veía rebelde en ese espejo del baño. Se lavó la cara, la boca y las manos, intentó arreglar como pudo el cuello de la camisa colocada como intrusa en su cuerpo, pues su piel en verdad era el pijama. Los zapatos de goma un tanto sucios, que apretaban sus dedos pequeños, apenas se movían tratando de salirse y escapar sin ningún tipo de remordimientos. Al "¡Apúrate Manuel!", siguió su intento por contactar al padre en procura de la mesada, mas no obtuvo éxito pues no se encontraba en casa. Estaba de viaje. ¿Quién le daría, entonces, su peso?

De pronto, recordó que lo necesitaba hoy más que nunca, pues su cita era ese día, precisamente ese mismo día, y esa inquietud no le había dejado dormir en plenitud.

Al segundo llamado, corrió hacia la mesa de la cocina para tomarse la avena caliente e inmisericorde que atravesaba su garganta en una sensación de fortaleza inculcada por Rosa.

Esa vez, pensando en Alicia, no quería sentarse a ser torturado por la espera fastidiosa de la taza de avena que le obstaculizaba la salida diaria y que ese día retardaba su objetivo, entonces, la abandonó en el fregadero a medio andar.

Corrió desesperado, tomó con una mano la lonchera y con la otra llevó la llave de la puerta de la casa a su habitación para que su madre, al verla, apresurara sus cosas; y por esta vez, aunque sea esta vez, le permitiera llegar temprano a la escuela.

Dio resultado. Manuel estaba listo, su mamá también y salieron de la casa. Mientras pensaba en Alicia, tomó más fuerte la mano de su madre y con voz valiente atinó a decirle:

—¿Y mi peso mamá?

—Manuel no tengo sencillo, pero la lonchera está repleta. Tienes una sorpresa.

No sabía su madre cuán importante era ese dinero para él. Caminó con rapidez, levantó la mirada sin observar el hueco que estaba en la acera y, sin embargo, lo esquivó con un brinco rabioso por estar más cerca del piso.

Su corazón latía fuerte pues se acercaba a la escuela. Doblaron la esquina, chocaron con otra señora que venía en sentido contrario, la lonchera se tumbó, pero continuó la marcha con decisión y la recogió, ya que era lo único que llevaba para Alicia.

Se extrañó al encontrar la entrada de la escuela sola, sola; y en la puerta, la silueta aterradora de la hermana Gilda, la que los castigaba por cualquier causa.

Ella fue la que una vez le había encerrado en la habitación oscura junto a Alicia, y fue allí cuando descubrió —a pesar de aquel encierro en el cuarto terrorífico más temido del colegio—

esos hermosos ojos marrones, el fino pelo negro azabache, los dientes blanquitos, atributos todos que lo mantenían en total aislamiento mental en clase.

Al saludo de su madre, dibujado desde lejos con sonrisa falsa y automática, que debió ser la previa a su posterior entrega a las frías manos de la monja, esta contestó con un "Buenos días", seco y distante:

—Hoy no hay clases. Ocurrió un derrumbe en una de las aulas. Hay grietas por todas partes. Ayer lo informamos en el cuaderno de tareas, señora.

Allí mismo, en ese instante, en cuestión de segundos, recordó que no había hecho la tarea y, por ende, no había informado a su madre. También, recordó que eso no importaba, en realidad. Tampoco importaba para nada el regaño de su madre ni el castigo que la hermana Gilda le hubiese suministrado con toda satisfacción para ella por no haber cumplido sus labores.

Lo trascendente, en verdad, era ella. No la vería ese día y, además, venía el fin de semana. Añoraba a Alicia con todas las ganas de su influjo infantil, con la ilusión de invitarle una golosina en la cantina para obtener una sonrisa o, por lo menos, con ese gesto lograr un poco de atención en el recreo.

Su madre enseguida le advirtió que le tocaba acompañarla a su trabajo; él la miró, aunque atado al vacío y estrechez que sentía en su garganta, que se extendía a su corazón, pues no vería a Alicia.

Tomaron el bus; por un lado, Manuel estaba casi llorando sin poder desahogar su angustia; y por otro, la atorada tragedia de su madre, al verse obligada a cargar con él todo ese día, cual molesto llavero casero, lo que le impediría seguro poder almorzar a solas con sus compañeras para hablar del joven jefe de operaciones de la empresa.

Mientras el bus se movía con travesura y sin piedad surcaba las calles con toda la argucia y precisión de esos conductores urbanos, montaba y bajaba gente, logró encaramarse como pudo en las piernas de su madre, que accedió a duras penas a sostenerlo.

Y entonces, volteó la mirada al oír su nombre. "¡Alicia!", gritó en su mente. "¡No puede ser!". Estaba sentada al otro lado, también sobre las piernas de su madre. Allí estaba, Alicia, sonriente, y había pronunciado sutilmente su nombre.

No salió palabra alguna de Manuel. No podía hablar. No habló. No pudo saludarla siquiera. Solo alcanzó a bajarse del aposento de su madre de sopetón, mudo como estaba; en un brinco que desafió el vaivén eterno del bus y casi cayéndose, ya que las piernas le temblaban por el latido intrépido del corazón, extendió la mano y le entregó su lonchera en un acto tan espontáneo y rápido como puro.

El bus se detuvo. Alicia descendió con su madre y se perdió entre las calles abarrotadas de gente portando dos loncheras. Manuel la siguió con la mirada.

Cerraron la escuela debido a problemas de estructura. Jamás volvió a ver a Alicia. Nunca volvió a ver su lonchera. Su mamá la busca aún por todos lados.

Un pelotero en bicicleta

La verdad es que el señor Tirso pasó un día cualquiera por la calle de la casa oliendo a monte y a humo, bañado con el sudor terco del llano seco venezolano, propio de la temporada ausente de lluvia.

A pesar de todo esto, le di las camisas y los pantalones que usaba en mi trabajo; al cabo de una semana, me devolvió la ropa lavada, planchada y perfumada con aroma a canela y que mostraba muy buenas condiciones. A partir de ese momento, aquel personaje a domicilio no fue más invisible para mi curiosidad.

El señor Tirso es un anciano delgado de sesenta y ocho años, de un metro sesenta de alto, blanco, con pelo canoso que muchas veces tapa con la gorra de su "glorioso" equipo Tigres de Aragua para aguantar el iracundo sol.

Emprendedor y oriundo de Turmero, ahora mismo está radicado con su esposa Marilda, también sesentona, en las afueras de Maracay, en un barrio lleno de casitas con olor a sancocho y papelón, llamado La Capuana.

Todas las mañanas, a partir de las seis, con café y arepa en el estómago, el señor Tirso transita pausada y constantemente por las calles de la capital anunciando a sus habitantes sin importar que sea sábado, domingo de Ramos o primero de mayo, la inconfundible llegada:

—¡Tintorería!... ¡Tintorería!... ¡Tintorería!

11

No son pocos los que se despiertan con esos gritos, su voz suena duro y se oye a muchos metros de distancia. La práctica constante y diaria ha permitido que su alboroto no decaiga con el paso de los años, pues es una herramienta infaltable en sus labores ordinarias.

Conjuntamente con Marilda, que trata con cuidado y celo la ropa, levantó una tintorería casera comprando las pocas máquinas e implementos gracias a un préstamo de su compadre Nicanor. Es un negocio que mantiene vivas las manos, las mentes y el alma de ambos ancianos, que por las noches duermen entre el bamboleo de la espuma y el ronquido de las viejas lavadoras.

No es una tintorería normal y común, como las que estamos acostumbrados a ver asentadas en la ciudad. Funciona en la casa de Marilda a la que se arrimó Tirso hace cincuenta años juntando sin saberlo sus tristezas y alegrías con modestia cristiana. Está representada cotidianamente por el señor Tirso, quien va montado sobre su bicicleta a la que adaptó después del pequeño asiento un cajón de madera grande y ancho de color verde.

Dentro del cajón, están colgadas todas las prendas de los clientes, una al lado de la otra. A su vez, están soportadas con ganchos de diferentes colores y revestidas por un delgado plástico transparente, que es la señal inequívoca: "Listas para la entrega".

No hay dolencia, lesión o gripe que impida la salida del señor Tirso; hasta con la bicicleta pinchada, ha venido a cumplir el encargo. Una vez, me confió que el día en el que detuviera su andar debía ser por algo muy especial, ya que no lo habían paralizado hasta el momento ni las lluvias, puesto que conserva un poncho anaranjado, ni tampoco lo han postrado las asechanzas de malhechores, ni siquiera la falta de electricidad.

Una vez, lo recibí en la casa, mi esposa le brindó un jugo, y nos pusimos a platicar del tiempo y la familia. Observé su mirada compasiva, su cuerpo un tanto liviano y dócil, y sin embargo, cuando le estreché la mano y me encontré cerca, pude percatarme de que poseía todos los dientes intactos, la sonrisa amplia y franca y la corbata morada.

Esa sonrisa no se amilanó cuando me dijo que en lugar de trabajar en la tintorería le hubiera gustado ser pelotero.

Y así fueron pasando los años sin poder batear ninguna bola, sino pendiente de Marilda, de su bicicleta y de su ajetreado corazón.

La expresión complaciente no se escondió cuando me contó que a sus dos hijos se los había llevado el mar en la única vacación que se habían tomado; en ese momento, tras esa confesión, asomó madurez en su espíritu.

Mucha gente conoce al señor Tirso, mucha gente jamás lo conocerá. Pero lo que es seguro es que su ejemplo se quedará conmigo, aunque quizá sea imperceptible para los demás.

Y cuando no volvamos a oír su grito ni podamos ver las ruedas de su vehículo circular, sabremos que en Maracay tuvimos la dicha de admirar a un sutil ángel pedaleando sobre su blanca bicicleta.

Ayer pasé por la plaza Bolívar, allí estaba sentado el señor Tirso con Marilda disfrutando unos raspados de tamarindo. Me acerqué, les saludé, y Marilda me dijo:

—¿Sabes algo?, el negocio tiene una bicicleta nueva.

Entonces, les di la mano y les contesté:

—Y yo les compré dos entradas. Vamos al estadio de béisbol porque juegan los Tigres de Aragua.

El presagio

La madre sirena trajo al mundo a su nueva hija con dolor y regocijo; y entonces, el volcán rugió. La exhalación volcánica era el acostumbrado aviso milenario de la naturaleza que anunciaba a todos los seres la llegada de esta vida muy especial. Así, había sido siempre, y esta no sería la excepción.

En el mar, había alegría y expectativa porque la llegada de Lunarcita, como la madre sirena la llamó, coincidió con una noche alumbrada por la primera gran luna llena del año en medio de un cielo puro y estrellado; presagiaba esta conjunción de signos celestiales un evento significativo en la nueva vida de acuerdo con los postulados ancestrales del libro sagrado de las sirenas.

Y si en el mar había júbilo, en la tierra, la hormiga reina también oyó al volcán emanar furor y estremecer con su fuerza a toda la tierra. Sus cenizas y su humareda llenaron el ambiente, penetraron en los diferentes conductos y cavidades del hormiguero y despertaron a toda la colonia.

Entonces, la hormiga reina supo que era la señal. Había llegado el momento. Debía presentar sus respetos a la nueva sirena y debía hacerlo en la forma como sus antepasados lo plasmaron en el texto de la roca azul desde los comienzos del mundo para honrar los nacimientos de las más nobles sirenas.

Encargó a su hijo menor, el bravo soldado Amílcar, la tarea de presentar a la madre sirena la hoja mágica para su vista y reconocimiento.

Solo la hormiga reina guarda en su habitación la roca azul, se encuentra depositada dentro de esta piedra la hoja mágica y el libro de la colonia en la que se enumeran todos y cada uno de los integrantes del hormiguero con su respectivo linaje. La hormiga reina tenía la orden preciosa de asentar sus nombres en las noches de luna nueva sobre una hoja de olivo bañada en el mar con la asistencia, el consentimiento y el beso de la madre sirena; todo esto realizado con secretismo para velar por la correcta permanencia de la colonia en el planeta.

Pues bien, ese tesoro y ritual místico, símbolo de alianza y admiración entre las hormigas y las sirenas, y de respeto entre la tierra y el mar, debía ser trasladado con sumo cuidado por Amílcar; pero sucedía que el joven, muy tenso y batallador en la tierra, nunca había visto el mar y tampoco sabía nadar.

Sin decir ninguna palabra a nadie y tratando de vencer sus miedos para no contrariar los designios de la roca azul y de su madre, Amílcar labró con rapidez en varias horas y con la ayuda de los sabios ingenieros marinos una balsa chica con madera robusta y sólida, parecida a la que utilizó su tío en el gran viaje a la isla rosada.

Una vez terminada y recibida la hoja mágica en evento solemne y formal acaecido en el seno de la colonia, Amílcar, a solas con su espada, alguna comida y corazón atrevido, se adentró en el ancho mar en procura de la madre sirena y de Lunarcita.

Sucede que durante el accidentado trayecto, el joven soldado fue embestido por una gran tormenta: lluvia, relámpagos, truenos, olas inmensas e infranqueables y remolinos intensos lo azotaron, y se extravió en el mar, sin que se conozca su situación.

Dado que en aquella ocasión el cometido divino no fue cumplido, la hormiga reina y la colonia lloraron y siguen llorando lamentando la infausta tragedia.

La madre sirena, sin embargo, también sometida a una profunda tristeza, tan pronto como pudo, llevó a Lunarcita a saludar a sus aliadas las hormigas como gesto único ante semejante muestra de valor. Homenajeó con toda clase de regalos y emociones al soldado caído.

Quienes aún murmuran en el muelle dicen que algo insólito habrá de pasar.

A partir de ese día, cada vez que los pescadores regresan de la faena diaria observan al lado de sus barcas cansadas a las hormigas que van todas las noches hasta la orilla del mar a esperar el regreso de su hermano perdido; oran solidariamente sin parar y sin importar la arremetida violenta y nocturna de las olas en la playa, y como si el camino y la esperanza fueran alumbrados por los ojos brillantes de aquel combatiente.

Mientras, en las profundidades abismales, en lo más hondo e insondable del mar, Lunarcita, ante el concejo de sirenas y ante su madre, en voz alta, prometió que al verlo llegar, al aparecer sin pensarlo, sin aviso alguno, la naturaleza temblará con intensidad, pues de inmediato se convertirá en hormiga y con Amílcar se ha de casar.

LA NIÑA NUEVA

Benito montó el columpio y se balanceó con mucha precisión disimulando su timidez y sin poder dejar de admirar casi cada segundo a la niña de ojos grandes, cabello rizado, sonrisa amplia y vestido rojo que estaba sentada en el banquito amarillo del parque.

Era la niña nueva que merodeaba por todos lados y que todos querían distraer; y aunque deseaba acercarse, el miedo no le permitía hablarle ni presentarse, sino únicamente mirarla, mirarla desde lejos.

Anhelaba no fallar esta vez. Ayer había sido más que suficiente. Una caída había bastado para enlodar su imagen recia y fuerte. Además, se fue a casa con un golpe en el ojo, el uniforme sucio y roto y, por si fuera poco, un llamado de atención escolar que propició su último castigo familiar.

Sin embargo, debía volver a intentarlo; no tenía excusa para abstenerse, pues su reputación infantil se desvanecía rápidamente. Le pidió a Dios no volver a caerse más, mientras apretaba la crucecita gris que su bisabuela le había obsequiado en el cumpleaños pasado.

Ese columpio de madera, amarrado al tronco grueso del árbol de flores rosadas que la maestra informó que poseía más de cien años de vida, se levantaba en el centro del parque y convertía a su tripulante en el más valiente del momento. En el centro de atracción universal. Constituía un reto.

Entraron otros niños corriendo de forma alocada llevando consigo la energía desbordada de los últimos días de verano. Pasaron muy cerca pateando una pelota azul que también rozó el columpio, y el susto en la cara de Benito sirvió para que la sonrisa de la niña, sin ser burlona, se detuviera un instante en su rostro.

Continuó su desempeño, esta vez en alerta por la pelota que estaba suelta en el parque. Inclinaba su cuerpo hacia adelante y hacia atrás, hacia adelante y hacia atrás; cada vez con más rapidez, con más seguridad y equilibrio, con el viento suave que soplaba en sus ojos, en una sensación de plenitud.

Iba y venía el columpio, miraba el cielo y luego la tierra, en un movimiento acompasado. Subía y bajaba. Y de pronto, cayó. Cayó bruscamente, en una de sus peores vergüenzas.

Se levantó inmediatamente y atinó a ver la soga rota, ya corroída por el tiempo, que esta precisa vez, también, se había orquestado en su contra para arreciar el ridículo. Sin embargo, no oyó ninguna carcajada. Nadie en el parque se percató de aquella semejante escena del destino. Cosa casi milagrosa, verdad. Nadie había visto nada.

Al mismo tiempo, giró inmediatamente la cabeza suplicando que la niña hubiese estado distraída, también. Pero no, ella no estaba viendo a otro lado. Había observado todo. Todo aquel episodio.

Benito se dispuso a hablar, a explicarle a la niña nueva su acto estratégicamente preparado, solo posible con mucho músculo e inteligencia entrenados para conseguir ese calculado fin; mas esa sonrisa amable, calmada, cómplice, sincera, gentil, hermosa que recibió de la niña oprimió sus palabras, las ahogó.

Esa mirada sonriente avasalló sus palabras al punto de obligarlo a cerrar su boca y apenas exprimió una sonrisa, que se le deslizó sin querer en señal de agradecimiento. Su corazón latió, y él lo oía.

Benito aprendió aquel día que, a veces, es mejor callar. Era más hermoso callar y abrazar esa sonrisa y dejarse llevar entre las redes de aquel gesto sigilosamente afectuoso de la niña nueva.

El tuqueque

I

Alfredo está en el hospital, en la habitación 415, piso 4. Observa a su alrededor sin saber quién está a su lado en la otra cama. Comparten la habitación desde hace varias semanas, y el viejo no recuerda cómo se llama, de dónde viene, nada.

Se trata de un viejo alto, trigueño, con poco cabello negro pues luce gris debido a las canas, a quien ningún familiar o allegado ha venido a ver, que Alfredo sepa. Únicamente, entran y salen médicos, enfermeras, medicinas y más medicinas, y la estricta dieta asignada por los expertos en nutrición.

Sin embargo, todas las mañanas, Alfredo lo contempla hablar. Oye su voz bajita, a veces, como un murmullo. Suelta carcajadas que tapa con sus propias manos para no despertar a nadie. Abre y cierra los ojos y sigue hablando, siempre bajito.

Al principio, creyó que hablaba consigo mismo. Que el viejo meditaba en voz alta, que era un sueño o una alucinación producto de los remedios recibidos. Luego, descubrió que, en realidad, hablaba y que lo hacía con el tuqueque, con el tuqueque marrón claro que lo visita todas las mañanas.

Hace dos semanas, le trajo un pan dulce que el viejo engulló rápido para que no lo supieran las enfermeras. Sonrió con Alfredo en medio de la visita buscando que fungiera como cómplice de esa travesura, a lo que accedió.

El tuqueque viene a la habitación subrepticiamente todas las mañanas sin falta, puntual, a las seis a pasar un rato con el viejo, a buscarle conversación.

Unos días atrás, le regaló una revista que el viejo no podía leer, pero que agarró con su mano derecha todo el día hasta que una enfermera del turno de la tarde se la arrebató y no la pudo tener más.

Ayer, Alfredo supo, por fin, por qué el tuqueque visita todos los días al viejo. El tuqueque se llama Pablo y es amigo de un perro llamado Mario, que es la única familia del viejo.

II

Sí, Mario es el único miembro de la familia que vive aún.

Pablo le dijo a Alfredo que el viejo había tenido una buena familia, conformada por su esposa y tres hijos que lamentablemente habían fallecido en un accidente aéreo hacía tres años, y que el viejo había sobrevivido y se quedó a solas con Mario.

Luego de ese fatal accidente, el viejo sufrió mucho y fue perdiendo gradualmente la memoria. Gracias a sus recursos dinerarios, el médico de la familia dispuso someterlo a tratamientos costosos para devolverle la memoria, pero falló en su intento y consumió la fortuna del viejo.

Así, pasó de clínica en clínica, de especialista en especialista, hasta llegar a este hospital en el que fue abandonado a su suerte por ese médico.

Pero Mario no puede entrar a visitarlo porque no se admiten animales en el área en el que está hospitalizado el viejo. Entonces, Mario le pidió a su amigo Pablo que lo visitara diariamente, ya que Pablo por su pequeñez, habilidad y rapidez puede penetrar calladamente sin ser visto.

Pablo, a su vez, vive a diez cuadras del hospital y se levanta a las cinco de la mañana, se baña, se viste y viene caminando hasta llegar a la sede del hospital. Allí sube piso a piso, gracias a las almohadillas adhesivas naturales que poseen sus patitas aprovechando el revestimiento corrugado de las paredes externas del hospital y uno que otro hueco, que se encuentra en su camino, como apoyo para descansar y seguir subiendo.

Los días de lluvia constituyen para Pablo una seria amenaza, pues es alérgico a la humedad, la cual contrarresta colocándose un buen sombrero y unas botas muy altas y azules en sus patas, que lo protegen del agua.

Por su parte, Mario agradece a Pablo su constancia y dedicación permanente, y su interés por llevarle los presentes que le envía a su amo; a su vez él saca a pasear en su lomo a la tía de Pablo que también está muy viejita y que, a pesar de su ceguera, se empeña en ir todas las tardes al parque del barrio a subirse en los columpios y a jugar en la arena aprovechando que Mario es vigilante del parque.

La abuela de Pablo, que se llama Palmira, es la tuqueca más vetusta del lugar, creció en el barrio y se ganó una muy buena reputación como costurera.

III

Palmira cocía y cocía produciendo pantalones, camisas, medias para uso y disfrute de todos los tuqueques; y confeccionaba la ropa en varios colores y medidas. Por su trabajo, llegó a ser reconocida con un premio regional, y la televisión y la radio la tenían en sus programas.

Un día, la ceguera le impidió continuar su labor, y así formó una decena de costureras que guardan y aplican las técnicas de Palmira con rigurosidad. Ahora, Palmira se entretiene yendo por las tardes al parque con la valiosa ayuda de Mario.

Y Palmira ha aprendido a desarrollar su olfato y su tacto oliendo todo lo que llega a su nariz, especialmente, la comida, y como le gusta mucho la cocina, ha aprendido a realizar unos platos exquisitos. No importa para ello que sus ojos no anden bien.

Alfredo le dijo a Pablo que el viejo está mejor gracias a sus parloteos con él, y que lo van a dejar salir del hospital para continuar el tratamiento en casa. El viejo está contento porque le llegó la memoria y porque podrá dormir en su cama y ver todos los días a Mario.

Pablo le habló a Palmira del viejo, y Palmira le preparó un pabellón muy sabroso para recibirlo en casa. El viejo llegó y abrazó a todos. Mario gritó de emoción, y todos aplaudieron y vitorearon al viejo, después saborearon la sabrosa comida de Palmira.

Pasan los días, Mario y Pablo están felices, ya que ahora mismo ha surgido una bella relación entre el viejo y Palmira, pues Palmira no va tanto al parque como antes y prefiere visitarlo todas las tardes.

Hablan y hablan, ríen y ríen, cantan, se cuentan sus experiencias y relatan anécdotas de sus vidas; y los demás tuqueques los oyen llenos de admiración. A veces, se toman las manos y caminan por los alrededores mientras observan el hermoso atardecer, el verde animoso del paisaje.

Así, se pasan las horas hasta que llega la noche y cansados por el ajetreo de las emociones y la intensidad de las palabras, cada cual va acostarse con una sonrisa en la cara.

Alfredo también sonríe; a veces, los visita, pero él prefiere seguir viviendo cual enfermero de los tuqueques, entre las rendijas y grietas de la habitación 415 del hospital.

MI PREGUNTA

Me colocaron el flux negro que me compraron para el bautizo de mi primita. Mi padre arregló la corbata prestada para la ocasión. Todo esto porque la señora Carmen había fallecido la noche anterior en circunstancias que nunca comprendí.

Los vecinos nos habían despertado, y oí gritos, llantos y lamentos. No me dejaron asistir a clases. La calle lucía callada, serena, lamentable.

Mis zapatos negros aún tenían olor a nuevo y me apretaban cuando caminaba. No hicieron desayuno, y mi madre apurada, me tomó por el brazo izquierdo y con tono de importancia dijo:

—Vamos a dar el pésame.

Y yo le pregunté:

—¿Qué es el pésame?

El señor Ralph

I

Comenzaré por decir que Luisito casi nació en un faro que se erguía en la parte más alejada de aquella playa. Un faro viejo, descolorido, abandonado desde hacía décadas; alto sí, pero solo, frío y quieto. Un faro alejado de la multitud, pero cercano a un pueblo llamado Pistacho en el que aterrizaban todas las mañanas pájaros de diferente procedencia, peregrinantes, viajeros, que saludaban con el sol mañanero para proseguir su marcha a otros lados, para llevar alegría a quien allí estuviera.

Su madre le llevó al faro. Llegaron un día cualquiera y se alojaron allí de forma por demás misteriosa, viajaban desde muy lejos en una aventura inexplicable en los cánones de la cordura.

Vino desde la población de Choroní en las costas de Venezuela al fallecer su abuela y porque fue desalojada por los dueños de la casa que habitaban con Luisito pequeñito aún; huyó de las intrigas, carencias y llantos propiciados por sus tíos y emprendió un viaje improbable y mágico hacia la Argentina.

Allí, al lado del mar sólido, en las cercanías de San Antonio Oeste, provincia de Río Negro, estaban compelidos por la necesidad de esconderse del pasado incrédulo. Entre el olor, el calor y los vientos marinos, se encontró Luisito desde muy chico.

El faro fue construido hace muchísimos años y, a pesar de ello, fungió como su hogar al que se abalanzaron sus sentimientos y vivencias, y al que también llegó para acompañarlos el señor Ralph.

Es así como el señor Ralph —el leal y disciplinado perro schnauzer, sal y pimienta de su madre—, se encargaba todas las mañanas de despertarlos lamiendo su cara una y otra vez apenas se movían y alegraban por el comienzo de otro día.

Y luego, su madre y él salían a buscar la única comida accesible por aquellos días: pescado y frutas, agua de coco y un poco de miel.

Pero el infortunio no se detuvo allí, ya que su madre enfermó gravemente y falleció en el hospital del pueblo, y dejó a Luisito a cargo del señor Ralph cuando todavía era un niño.

Luego de la muerte de su madre, Luisito quedó solo, únicamente acompañado por el señor Ralph, quien además de despertarlo, velaba sus sueños, no se separaba de él deambulando todo el día sin parar, y dormía a su lado.

Mucho tiempo después, aceptó —y así lo creía en lo interno— que el señor Ralph quizá lo hacía porque deseaba quitarle el silencioso cáncer de colon que Luisito padecía, ya que siempre colocaba su lomo junto al suyo, exactamente en el lugar afectado y echándose a dormir a profundidad.

A todo evento Luisito, creció al lado de los peces bañando su cuerpo a diario con agua fría y abundante, pura de mar, por lo cual obtuvo el apodo de "quemao".

El señor Ralph y él se hicieron auténticos pescadores, paseaban la playa, comían uvas de playa y cocos llenos de agua y carne blanca.

A veces, Luisito se encargaba de hacer encomiendas, mandados y diligencias a la gente y negocios del pueblo. Además, le colocó a su perro un collar de conchas de mar que distinguía su cuello peludo, que el señor Ralph aguantaba callado para no contradecir los designios del niño.

Había anuncios de la llegada de un circo al pueblo, y Luisito estaba reuniendo el dinero suficiente para ir con el señor Ralph a deleitarse.

II

Pero como decía antes, esta historia estaba marcada por los problemas, pues el cáncer un buen día doblegó a Luisito. Sufrió un desmayo repentino y sintió unos dolores intensos cuando apenas tenía 12 años. Esto lo obligó a ser recluido en el hospital del pueblo para realizarle los análisis previos, las evaluaciones médicas y las intervenciones quirúrgicas.

Todo fue costeado por un pariente de la madre de Luisito, de esos que siempre saltan, que en verdad fue altruista y dadivoso, enigmático y anónimo, a quien Luisito guarda su agradecimiento eterno.

Mientras tanto, el señor Ralph, que no lo pudo acompañar, se resignó a volver al faro. Los días calientes y las noches frías transcurrieron sin nadie a su lado. Comía lo que podía, se sentía marginado y triste por la enfermedad de Luisito y por su ausencia. Únicamente, contaba en ese tiempo, el señor Ralph, con el faro como hogar y con el mar a su lado.

Me refirieron que varias veces trató de ingresar a ver a Luisito; y otras tantas, los vigilantes lo maltrataron a punta de palos y golpes, ya que existía una orden determinante que prohibía su acceso a cualquier área del hospital.

Sin embargo, Luisito se las arregló entre gritos, pedidos y llantos a las enfermeras y médicos del hospital para que el único miembro de su familia, o sea, el señor Ralph, durmiera a su lado en la primera noche de rehabilitación postoperatoria amenazando abandonar todo lo adelantado por la ciencia en su caso, hasta ahora, de no cumplir su pedido.

El señor Ralph, alegre y flaco, entró en la habitación moviendo la cola como un ala de helicóptero, mostrando su interés por Luisito al alzar la pata delantera derecha para acariciar su hombro; y luego de abrazos y lágrimas de euforia provenientes de Luisito, se postró a su lado en forma tranquila, sometido a la quietud de la noche.

En la mañana, se levantó con sumo cuidado, lamió la cara de Luisito como siempre y, sin esperar orden alguna, se fue. Luisito no lo vio más. El señor Ralph no fue a verlo más.

En realidad, no podía verlo aunque quisiera. Luisito extrañó su mirada abrasiva que le habla a los ojos, que ausculta y lo audita a profundidad.

Nadie supo de él, nadie dio noticias de su paradero, ni siquiera sabían algo los vigilantes que lo asediaban en la entrada y que lo habían maltratado no pocas veces cuando intentaba penetrar por cualquier medio.

La recuperación fue larga, más prolongada de lo previsto. Dolorosa y lenta. Muy lenta. Luisito estuvo dormido bajo sedantes tres semanas más. No veía el momento de levantarse para buscar al señor Ralph, preguntaba sin cesar por él.

Indagó nuevamente por él y nadie lo había visto por semanas. Alguna enfermera le dijo que un vecino llegó a verlo cerca de las jaulas de los animales del circo, que por esas semanas estuvo en el pueblo.

El circo ya se había ido. Benicio, el hijo de una enfermera, que lo visitaba siempre se lo informó a Luisito.

Luisito no tenía el mismo apetito de antes, sus defensas no mejoraban. Los niveles en el laboratorio no eran del todo buenos. Esto es lo que oía entre susurros. No respondía del todo bien a los tratamientos. Experimentó una recaída. Su cuadro fue de suma gravedad, al punto de continuar hospitalizado por varios meses más. A veces, sin recobrar el sentido, sin despertar por horas y días; y otras veces, medio dormido.

Cuando despertaba, pasaba las noches sin dormir, sin conciliar el sueño pensando en tantas cosas, sin jugar en la playa ni en el faro, sin ver el mar, triste y preocupado por el señor Ralph.

Recordó que su madre le contó que le colocó ese nombre debido a que le recordaba un personaje de una película que veía cuando niña. Un mayordomo inglés muy correcto y diligente, siempre serio, atento a sus deberes, que jamás mostró sus sentimientos.

Le relató que el señor Ralph, el mayordomo, estuvo enamorado de una institutriz que laboraba en la misma casa donde él trabajaba, y a la que jamás le mostró su amor guardando su sentimiento y prefiriendo enmudecerlo, aplastarlo contra las paredes de su alma.

La historia tuvo un final infeliz para ambos, ya que la institutriz se casó en la película con otro hombre y renunció al amor del señor Ralph y al trabajo en esa casa. Así que no la vio más.

El señor Ralph lloró de manera desconsolada en su alcoba, tanto tanto, que amaneció en su cama sin levantarse al otro día ni los días subsiguientes, cuestión muy rara en su conducta, y se enfermó hasta morir de amor.

III

Pero no se trataba del señor Ralph, el mayordomo. En ese entonces, se trataba de su perro, de su compañero de vida, no sabía dónde estaba, con quién estaba, ni cómo se sentía. No sabía nada.

No sabía si estaba cerca o tan lejos como aquel circo que visitó el pueblo. Y Luisito no podía hacer nada más que preguntar todos los días por él.

La esposa de su acompañante en la habitación del hospital, la señora Dinora, como ordenó llamarla, le regaló un perrito muy bonito, un buen día en que cumplía años y las enfermeras le hacían una fiesta pequeña e improvisada; pero con mucha pena y agradecimiento, excusó aceptarlo alegando que no podía tener a nadie más en su lugar.

No pudo ni podrá suplantar a su amigo ni amarrar su angustia por el señor Ralph, como tampoco podría acostumbrarse a su ausencia. Lloraba a menudo, y por esta razón los médicos permitían sedarlo con frecuencia.

La desolación seguía en su ser. Y luego, ya recuperado, después de pasar dieciséis meses en el hospital, salió y volvió al faro.

Asomado en lo más alto, miró el mar, la playa... meditando decidió caminar por el pueblo para encontrar a su perro.

Así pasaron días y meses. Quizá, como asumió después, su ausencia tan deplorable y lamentable como el cáncer, tenía que darse como mensaje y trueque de vida para obtener su sanación.

En su lecho, a veces asomado en el faro, día a día, noche a noche, llora pensando en medio de la tristeza en lo desdichado e infeliz que eran sus horas y pidiéndole a Dios que le devuelva el cáncer y también al señor Ralph.

A fin y al cabo, solo y a merced de sí mismo, sin contar con nadie más, el cáncer y el señor Ralph copaban su existencia juvenil.

IV

Un día de mayo, lluvioso, con el mar picado por la tormenta y los vientos yendo y viniendo con fuerza inmisericorde, Luisito observó acercarse al faro un anciano que caminaba con dificultad. Parecía una figura irreal, pequeña, andariega.

Sabía que se había perdido víctima en la tormenta. Cojeando de una pierna, poco a poco, fue acercándose al faro. Bajó Luisito y lo invitó a esperar que pasara la lluvia intensa.

Llegó, le miró y sonrió. Respondió:

—No pienses que estoy aquí porque se me ocurrió salir a pasear frente a esta gran lluvia. No estoy paseando. A pesar de mi edad, no he perdido aún la sensatez.

Le ofreció agua, que era lo único que tenía. Se sentó en la silla rota de madera donde a veces dormía Luisito en las tardes. La silla sintió la carga y se meneó a un lado, pero aguantó aunque se estremeció.

—No esperes que me caiga de esta silla. Soy muy fuerte aún. Vine a saber de ti. Soy aquel anónimo que pagó tu estadía en el hospital. Soy tu abuelo. No te busqué antes porque no sabía que mis enfermedades estaban tan cerca. Tu madre nos separó. Se escondió al llegar de Venezuela aquí contigo, y yo respeté eso. Jamás vine antes, pero estuve pendiente.

Te observé crecer, deambular y brincar por el pueblo. Pero ya es tiempo.

Luisito alcanzó a decir sorprendido:

—¡Qué!

—Tenía mi carácter y ella no era fácil. Así vivió y así murió, sola y con muy escasa ayuda de mi parte. Me las arreglé para buscar intermediarios para proporcionarte ayuda. No quiero que tú persigas el mismo camino. No mereces el mismo camino. El agua fría y húmeda de mar se encarga de cambiar a la gente. ¿Sabes por qué se alojó aquí en el faro y te escondió? Porque era una testaruda. Allá en Choroní, vivió cuando niña en un faro que mi padre construyó y que se derrumbó en el último terremoto que se sintió en las costas aragüeñas.

Luisito lo oía incrédulo, pensativo.

—Ahora, por favor, recoge tus cosas, y al pasar esta tormenta que no me gusta para nada nos iremos a casa.

Luisito lo había escuchado con detenimiento y asombro. No sabía qué cosa contestar. Pero cuando amenazó con llevarle, le dijo que el faro era su única casa. No conocía otra. Que no se iría de allí.

Él insistió. Además le dijo que esperaba por el señor Ralph, esperaba que apareciera. Era el faro el único punto de conexión con el señor Ralph.

El abuelo ofreció buscarlo con él en el pueblo. Luisito le dijo que había buscado por todas partes al salir del hospital, sin tener éxito. Entonces hablando y discutiendo llegaron a un acuerdo, que el viejo llamó "de caballeros".

Únicamente se iría del faro si le ayudaba a encontrar al señor Ralph. Si emprendían una búsqueda hasta dar con su perro.

Se fue aquel día para Luisito y su abuelo, llegó la noche y la lluvia persistió. El viejo fue invitado por Luisito a quedarse en el faro. Pasaron la noche, a Luisito le preocupaba también la salud del viejo.

Le colocó una cobija pequeña que estaba algo húmeda en razón del viento mojado que entraba por una de las ventanas sin reparar. Fue una noche larga e incómoda para ambos. El viejo le contó algunas cosas de su familia inmigrante italiana que se había enamorado de las playas del estado Aragua al llegar a Venezuela luego del comienzo de la Segunda Guerra Mundial.

Ya en la mañana, se había ido la tormenta y trajo a la playa un sol radiante y caliente. Pero no estaba el señor Ralph para despertarlos.

Bajaron del faro y comenzaron la búsqueda del señor Ralph.

Caminaron hasta el pueblo sin regresar al faro. Terminaron sedientos y hambrientos, cansados y frustrados. Habían buscado con determinación. Y la noche había caído.

El viejo buscó una posada en la cual descansaron y obligó a Luisito a bañarse con agua caliente de una ducha.

Comieron, hablaron con los encargados de la posada un rato y decidieron tocar la puerta de Benicio. Este les abrió, su mamá no se encontraba y les repitió la misma historia en la que aseguraba que el circo se había llevado al señor Ralph.

A las preguntas de ellos, no supo responder dónde estaba ahora mismo el circo; pero les sugirió que le preguntaran al viejo pescador del pueblo que había rentado el patio contiguo a su casa a los encargados del circo, donde habían estacionado todos sus carros y camiones circenses.

El viejo pescador les informó que había visto al señor Ralph en el circo, que pensó que lo habían donado o vendido porque Luisito estaba enfermo en el hospital.

Sin embargo, dijo que los dueños del circo se lo llevaron muy contentos para incluirlo en uno de sus shows. A menos eso pensó:

—Lo vi tranquilo, aunque algo flaco en una de sus jaulas. Al irse estaba en la jaula grande con otros perros artistas del circo.

Recordó que el circo siguió al pueblo cercano en gira por toda la provincia. Pueblo a pueblo.

—El gran Ángel es el nombre del encargado. No sé más.

Luisito miró a los ojos al viejo y le dijo:

—Vamos, ¡tenemos que ir!

Durmieron esa noche y salieron temprano al pueblo cercano llamado Rivarola, que dista unos diez kilómetros de Pistacho.

V

Al llegar a Rivarola, en la comisaría policial les llamó la atención el asunto porque, precisamente, uno de los hijos del jefe policial observó que por las noches maltrataban a los animales del circo. Los niños del pueblo fueron a protestar, y se investigó.

Afirmaron los policías que el perro schnauzer sal y pimienta –según contaron– había sido vendido a un empresario italiano que pasó por el pueblo y que era tío del carnicero, ya que el perro no aceptaba dirección ni control, y la policía sirvió de testigo de esa venta. Otros animales fueron regalados; solo unas jirafas y unos camellos fueron conservados por el circo. La carnicería estaba cerrada por duelo. Había muerto uno de los encargados. Se dirigieron al cementerio y fue difícil identificar al carnicero; al encontrarlo, les dijo que su tío se había llevado al señor Ralph a Buenos Aires porque le había gustado. Se llevó al perro. El tío italiano regentaba una agencia de viajes, y su hija necesitaba un perro como compañía.

Tomaron el primer autobús que salía para la ciudad capital y llegaron al día siguiente. Con la dirección en la mano sin pausa ni descanso, el viejo encontró la agencia de viajes luego de andar y andar, pero el tío la había vendido pues se divorció de su esposa abandonando a la familia y sin rumbo definido se llevó al señor Ralph.

La angustia crecía y crecía conjuntamente con la preocupación generada por la gran incertidumbre que los aquejaba. El viejo estaba agotado y desesperanzado. Y Luisito frustrado.

Y no era menor cosa. El viejo se quejaba. Su pierna le molestaba, y su corazón no funcionaba lo bien que se demandaba. Tomaba sus pastillas con mucha atención. Luisito le pidió que descansaran ese día. El chico se encerró en el baño a llorar casi toda la noche, sin auxilio; pero una voz le decía que no perdiera la esperanza. Lloró como nunca, lloró sin cortapisas como lo hizo el día de la muerte de su madre.

Recuerdo que la esperanza empezó a tener significado para él a partir de esos duros días. Era lo único que le permitía continuar. Esa esperanza que únicamente posee el mar con su inmensidad, con su paciencia.

Preguntaron a los vecinos, a los cercanos, a los lejanos, y ellos no supieron suministrar noticias de ese empresario italiano. Alguno manifestó que se había regresado a Verona, Italia.

El viejo le dijo:

—Regresemos a Pistacho, a San Antonio Oeste, hemos tratado y no hemos podido. Si así lo quieres, también iremos a Verona.

Luisito le rogó que le permitiera caminar por las calles de Buenos Aires antes de volver; al menos, para tratar de encontrarlo. Accedió por ese día, puesto que al día siguiente regresarían.

Caminó, preguntó y preguntó mientras recorría esa ciudad tan grande, amplia y desconocida; demasiado inmensa para el "quemao" y para cualquiera. Se perdió. Fue a parar a una villa donde tampoco habían visto al empresario italiano ni al señor Ralph.

No reconoció ninguna calle, ninguna avenida, las casas, los edificios grandes, los pequeños, los negocios, nada.

Imaginó por un momento cómo se sentiría el señor Ralph lejos de él, asustado, aniquilado por la incertidumbre, solo. Vio muchos perros grandes, pequeños, altos y bajos. Se sentó en una plaza, luego siguió y detuvo un taxi.

Pudo conseguir ayuda de una señora que conducía un taxi, quien lo llevó de nuevo a las manos del viejo luego de recorrer varias horas en su vehículo deteniéndose en todos lados, buscando la dirección.

Sintió al perderse por pocas horas una ausencia desesperante, solitaria. Como si el corazón se restringiera para evitar seguir latiendo. Jamás hubiera querido lo mismo para el señor Ralph. Y sin embargo, así se encontraba. No aparecía.

Ya en la posada bonaerense, después de hablar largo rato con el viejo, pudo calmar un tanto aquella oquedad que operó en Luisito.

Esta vez, convencieron a lo que quedó de la familia del empresario italiano de que les diera mayores datos de su paradero. Solo atinaron a pronunciar la dirección en Verona. Sin teléfono ni contacto. Advirtieron que no estaban seguros de la vía que había tomado el empresario. No pudieron decir nada más. No sabían nada.

Este italiano había desaparecido de Buenos Aires. O acaso se encontraba allí, pero a buen resguardo, sin saber que lo buscaban, sin sospechar que era tan anhelado por Luisito y el abuelo. Sin saber si aún tenía al señor Ralph.

VI

Volvieron a Pistacho en San Antonio Oeste, desconsolados y agotados de hurgar sin obtener resultado, descorazonados. El viejo, sin embargo, debió haber visto los ojos desconcertados, oscuros, sin brillo de Luisito, y le prometió ir a Italia a buscarlo, sin importar que no estuvieran seguros del destino del empresario y del señor Ralph.

Pero le acotó que había que esperar unos días para arreglar los trámites del viaje y le pidió que mientras tanto se alojara en la posada del pueblo, y con esto daban tiempo para que apareciera, para saber algo más.

Esos días se hicieron interminables. Luisito se levantaba, iba hasta el faro, con la idea de traer hacia sí una sorpresa, la sorpresa de ver en el camino, en las calles del pueblo o en el faro la llegada del señor Ralph.

Allí permanecía durante el día, hasta que la luz del sol se lo permitía. En la noche, regresaba igualmente triste y con hambre, fatigado, vencido en cuerpo y alma.

En esos días, el viejo sufrió un desmayo en el banco, se desmoronó, cayó inconsciente al piso cuando se proponía realizar un retiro de su cuenta corriente. La gente llamó a emergencias, pidió auxilio, y localizaron a Luisito.

Corrieron hasta el hospital, lo ingresaron, lo atendieron, Luisito pensó que era una cuestión de poca importancia.

Los médicos lo dejaron en observación varios días más, y esta preocupación se agregó a la angustia de no poseer al señor Ralph.

Esos días, Luisito no fue al faro, no salió del hospital, comió escasamente tratando de cuidar al viejo, de acompañarlo, abrazarlo, de devolverle un poco de lo mucho que él le había ayudado.

Allí, durante ese lapso pensó en lo bueno que había sido con él en todo este tiempo, incluso, de forma subrepticia, sin saberlo siquiera.

El abuelo, de vez en cuando, sonreía como podía, atado a tubos plásticos o acrílicos, a unos monitores y a esa cama poco graciosa; extendía su brazo para palpar las manos de Luisito. Pero las manos de ambos estaban frías, lentas; y muy débiles las del anciano.

Una mañana, le dijo a una enfermera que lo atendía siempre, que llamara a Luisito, quien se encontraba comiendo algo. Subió rápidamente a la habitación, llegó con la boca abierta.

Le ordenó sentarse a su lado, y sacó de debajo de la almohada como pudo, con dificultad, un boleto, un pasaje de avión a su nombre con destino a Italia. A la vez, le manifestó que una de las enfermeras los acompañaría en ese viaje.

No pudo hablarle, lo leyó, lo abrazó, estrechó su cuerpo con ganas y con agradecimiento. Salió una lágrima, luego otra. Lloró un poco, secó sus lágrimas. La enfermera le dijo que ahora le permitiera a su abuelo descansar.

Salió de la habitación para escudriñar un poco más el boleto. Al lado del boleto, había un papel en el cual estaba escrito el nombre y la supuesta dirección de la familia del comerciante italiano en Verona.

No le dejaron estar ese día con el viejo, alegando que los médicos se encontraban haciendo pruebas muy necesarias. Le conminaron a una sala de espera en la cual durmió sobre una silla con el boleto apretado en la mano izquierda.

Pasó esa noche allí pensando que se iría a otro país en dos días, triste y desconcertado por el abuelo.

Transcurrieron varias horas, y luego otras más. Llegó otra noche. Se despertó. Se despertó gracias a la mano suave de otra enfermera que acompañada de un médico, muy cerca de su rostro, le dijo:

—Debes ser fuerte Luisito. Todo pasa por alguna razón. Tu abuelo te quería mucho. Él no podía hablar. Él no pudo hablar en ese momento. Corrió a la habitación, y el abuelo ya no estaba. Gritó, gritó, salió de él una voz desgarradora. Cayó al piso, agarró la cama de su abuelo con la fuerza suficiente para moverla como lo hizo. Se alojó en un rincón a llorar irremediablemente.

Gritó a Dios suplicando explicación. ¡O en verdad no había explicación!

—Nada puede hacerse —le informaron las enfermeras que lo agarraban procurando llevar algo de calma a tanto dolor—. ¡Nada puede hacerse!

Entonces, corrió, corrió con potencia hacia el único lugar donde podía sentirse a salvo. Al único lugar donde debía estar. Al único lugar donde comprendía sus días. Salió corriendo por las calles del pueblo, llorando y gritando, sin consuelo.

Caía, se levantaba. Volvía a caer en medio del llanto. Se levantaba. Corrió por todas las calles del pueblo como lo haría el señor Ralph para buscarlo, había perdido el poco ánimo que aún le quedaba; estaba exasperado y con más rabia que antes.

Llegó al faro desesperado, subió las escaleras, gritó nuevamente. Y no recordó cómo ni dónde había olvidado el boleto de avión que le había dado su abuelo.

Sin fuerzas. Sin fuerzas para llorar. Sin fuerza moral, sin esperanzas, solo y más solo, perdió el conocimiento. Pasaron horas y más horas. Tiempo y más tiempo. Llegó la noche.

VII

El faro triste y solitario veía llorar a su único habitante sin poder hacer o decir algo que calmara un poco aquella desolación. Sin embargo, Luisito despertó. Despertó al fin. En realidad, le despertó el sonido de un pájaro que chillaba en lo más alto del faro. Chillaba, le miraba, bajaba a tocar con cierta rigidez la cabeza de Luisito con su pico, le chillaba y volvía a subir a la cúspide del faro y bajaba. Se repetía el chillido y el picotazo en la cabeza de Luisito.

Se levantó con dolor de cabeza. El pájaro pequeño y gris con manchas anaranjadas le volvía a tocar la cabeza con mucha insistencia. Dijo en voz alta:

—¡Qué extraño! Parece un pájaro playero.

Entonces, Luisito lo observó unos segundos, vio cómo subía, cómo temblaban sus alas para llamar su atención y cómo bajaba con estrépito, con desorden.

Y optó por asomarse a la cúspide del faro. Subió inmediatamente. No vio nada. Pero el pajarito seguía chillando. Le volvió a tocar la cabeza y chillaba. Chillaba porque no era un canto, no parecía un canto, sino una expresión angustiosa.

Se asomó nuevamente, y logró divisar, ver algo tenuemente en la distancia. Logró observar a lo lejos, una figura mínima que se acercaba a la carrera por la playa, como si se tratara de una competición. Limpió sus ojos. Bajó de la cúspide a lavarse la cara pues sus ojos estaban hinchados y subió rápidamente.

Trató de observar nuevamente y vio a un perro que parecía ser el señor Ralph.

No podía ser otro. "¡Es el señor Ralph!", se dijo, "¡Es el señor Ralph!". Venía corriendo, corriendo con ganas.

Luisito bajó de forma desenfrenada. Se cayó por las escaleras del faro. Pero no se imaginan lo feliz que se sentía. Gritaba, gritaba, gritaba. Era el día más feliz de su vida.

Aquel pájaro –quizá enviado por Dios–, le había traído al señor Ralph. "¡Sí! Aquel pájaro playero me trajo al señor Ralph". El pájaro playero parte desde Tierra del Fuego y viaja 32.000 kilómetros hasta Canadá en una aventura casi única de la naturaleza. Pero este, en su paso, había visto al perro. Se lo había traído. Se lo había guiado. Este, en su recorrido, le había regresado a su perro. Cruzando toda la costa sur de la Argentina. Desafiando los peores obstáculos, ríos, montañas, selvas, viento, sol, humedad, lluvia. En fin. Todo. Y teniendo al mar como lindero.

Entonces, no se encontraba en Italia. No lo tenía el empresario italiano. Estaba en el sur. En la Argentina, en su pueblito. Había escapado quién sabe de dónde.

Lo cierto es, que ya estaba en el faro.

Lo mejor es, que ya se encontraba con Luisito.

Abrazó al señor Ralph como a nadie en su vida. Lo abrazó y no lo quería soltar. Le dio agua que el perro bebió en un momento.

En seguida, el señor Ralph comenzó a ladrar, ladraba y le tomaba a Luisito la pierna derecha; quería que lo siguiera. Empezó a correr, a correr velozmente, en sentido contrario, a alejarse del faro, como huyendo por la playa.

Luisito lo siguió. No quería perderlo de nuevo. Lo siguió con rapidez, con toda su fuerza. Al cabo de unos minutos, observó. El señor Ralph se detuvo. Llegaron. Llegaron a la cabecera de la playa. Luisito vio un cuerpo de una perrita tirado en la arena como sin vida, con la lengua afuera. No respiraba.

Luisito la alzó con sus manos. Con mucho cuidado, la apretó entre sus brazos. Veía los ojos angustiados del señor Ralph que saltaba.

Oró en voz alta. Mientras tanto, el señor Ralph ladraba y saltaba y repetía saltos y brincos.

Agarró a la perrita y la llevó en carrera al faro. Allí la colocó en su cama y la abrigó, al lado estaba el señor Ralph, atento, solícito. Sin tomar ni comer nada. Concentrado en la perrita.

Abajo, se encontraban jugando todos los pájaros, que aprovechaban a tomar un poco de agua que les había conseguido Luisito para ayudarlos a continuar su vuelo.

Estuvieron esperando la recuperación de la perrita por horas y horas. Abrazándola, tocándola, mimándola. La perrita pareció responder luego de mucho tiempo. Abrió los ojos muy tarde en la noche. Lentamente, ella reaccionaba. El señor Ralph saltó de alegría. Ladró y brincó con los pájaros en algarabía. Gritaron de alegría y al fin pudieron dormir todos extenuados.

El señor Ralph no traía el collar de conchas de mar que le había colocado Luisito hacía mucho tiempo ya.

VIII

Ya al despertar tarde en la mañana siguiente, se había ido el pájaro playero con todos sus amigos; seguramente, algún día, lo volvería a recibir en la cumbre del faro para darle nuevamente las gracias, pensó Luisito.

En la mañana siguiente, unos señores del pueblo en compañía de una enfermera del hospital vinieron a visitarlos. Habían sido encargados por su abuelo para que velaran por Luisito luego de su intempestiva e inesperada ausencia.

Fueron al velorio, luego al entierro de su cuerpo. Allí recibió el apoyo de la gente del pueblo, de todas las personas, de todos los perros. Afligido y triste pensó Luisito que la vida le había quitado una familia entera a través de diferentes formas y maneras. Y él seguía viviendo.

Pero en verdad, le había dado otra familia por la cual luchar, por la cual vivir, para ello se valía de este efusivo ser llamado señor Ralph.

Su abuelo dispuso dejarle todas sus pertenencias, que en realidad eran bastantes, que guardaba y atesoraba para la madre de Luisito.

Supo entonces que el abuelo le había regalado al señor Ralph a su madre y a él, impetrando a Dios les acompañara.

Y gracias al esfuerzo del abuelo, ha podido vivir Luisito con holgura y comodidad. Compró la parte de la playa, el faro y sus alrededores abandonados. Construyó una casa grande. Tiene una fundación llamada El abuelo en provecho de los animales en Pistacho, San Antonio Oeste y pueblos circunvecinos.

Hace poco, inauguró otra fundación en provecho de las niñas desamparadas en la población de Choroní con el nombre de su madre, al meditar sobre el episodio vivido por ella cuando Luisito era apenas un bebé; así unió de forma simbólica dos pueblos que no se conocen, que son tan distantes, lo hizo mezclando de esta forma las emociones de dos pueblos, de su gente, de sus rumbos.

Luisito se llenó de perros por todas partes a merced y por intermedio del amor por el señor Ralph, por su perrita que se llamaba señora Charlotte y por los hijos de ambos, de nombre Casper, Bella, Lúter, Cúper y Brillante.

Hoy, pasean todos los días en la playa, en el pueblo, en las calles calientes.

El año pasado, Luisito los llevó a conocer el pueblo playero de Choroní, ubicado en la costa del estado Aragua. Montaron en lancha, hablaron con los paisanos, observaron la casa en la que cual había nacido. Incluso, conocieron la casa donde nació y vivió la Madre María de San José, la primera Beata de la Religión Católica Venezolana, conocieron sus milagros y favores, comprobaron la nobleza de su protección espiritual que irradia esas tierras.

También, caminaron por las calles de Puerto Colombia, comieron y jugaron con niños y viejitos descalzos.

Luisito sabía y siempre supo que el señor Ralph y los suyos le escogieron como familia.

Seguramente, con la señora Charlotte, sufrió frío y hambre.

Únicamente logró averiguar por información que le proveyó la policía de Rivarola que el empresario italiano no había ido más allá de Buenos Aires. En verdad, le había comprado al señor Ralph como compañera a la señora Charlotte con el propósito de convencerlo, de alegrarlo, de retenerlo; pero el señor Ralph no comía, no bebía agua, se enfermó y casi se moría.

Así que regresó al pueblo donde lo compró, y simplemente les quitó las cadenas a ambos perros. Los dejó libres. Y el señor Ralph corrió como desesperado y la perrita detrás de él. No los vieron más.

Quizá, los humanos no entendamos que algo así pueda pasar. Ese lazo intangible debe ser tan grande que vence espacios, tiempo y eternidades.

Es una proeza de lealtad incomprensible, inconmensurable. Solo reforzada por el sentimiento entre un perro y un joven.

Han ido varias veces a Tierra del Fuego a presenciar y compartir con los pájaros playeros. A agradecer a Dios su insistencia milagrosa y fortaleza natural.

Un día, muy temprano, apareció en lo más alto del faro, luego de una visita que muchos pájaros le dispensaran a Luisito, el viejo collar de conchas marinas que alguna vez usó el cuello del señor Ralph, y extrañamente en una de sus conchas estaba reflejada una imagen, parecía la imagen del abuelo.

Se lo enseñó al Señor Ralph, y Luisito lo ha guardado desde entonces.

Todavía en las noches, al soñar, Luisito se despierta con sobresalto pensando que no está el señor Ralph. Aún se despierta angustiado. Y allí está con él, como siempre, mirándolo con sus ojos grandes, fijos y profundos. Esperando que amanezca para alzar su pata derecha sobre su hombro y lamer su cara. Y para preguntarle con su mirada cómo amaneció.

Ahora, como antes ocurrió no imagina la vida sin ellos.

Un encuentro en el parque

Como cada sábado, todos los niños fueron al templo y, de regreso, solicitaron tomar un tiempo en el parque. Estaban sentados en los bancos observando a todas las personas que deambulaban mientras saboreaban un helado de mantecado que su tío les había obsequiado para ayudarlos a soportar el gran calor.

Hacía mucho tiempo que no salían a pasear vestidos con sus trajes de parranda infantil, relajados y libres de las grandes tareas escolares, con su ánimo suelto y listos para sacar al exterior todo el encanto y espontaneidad acumulados.

Observaron un perro grande que paseaba con su amo; al lado, iba caminando una hermosa morenita de pelo largo, vestido verde y ojos pardos que lucía unos zapatitos llamativos. Los niños miraban los zapatos rojos de la niña, brillantes, con tacones que le permitían un andar pausado y elegante.

En eso la niña se detuvo, se sentó en el lindo engramado del parque, se quitó ambos zapatos, y el perro la imitó acostándose a su lado.

El señor que los acompañaba y el tío de los niños se retiraron porque habían observado justo al lado de uno de los postes del parque una joven iguana que muy quieta tomaba el sol de forma apaciguada, se quedaron entretenidos mirando los ojos azules de la iguana.

Este parque, al cual concurrían todos los moradores del pueblo, se caracterizaba por poseer una magia especial, ya que de los encuentros casuales que se sucedían en su área surgían de forma inmediata y constante muchas amistades, al punto de ser considerado el mejor sitio para pasear y divertirse.

Presentaba múltiples flores, plantas y árboles, sembrados por sus pobladores, cuya conservación y celoso cuidado correspondía al señor Tomás Bertol, un viejo jardinero que llevaba más de cincuenta años en su gestión.

Además, contaba con dos lagunas naturales en las que los patos y gansos nadaban y merodeaban a su antojo, acompañados de un racimo de ranas muy flacas.

Los zapatos rojos de la niña llamaron la atención de un pájaro negro, grande y fuerte, que no pocas veces se ve por allí; al divisarlos colocados en la grama, se abalanzó sobre estos y los tomó con su pico de forma sorpresiva.

La niña no se desesperó, se quedó tranquila, siguió sentada disfrutando la estadía y mirando gentilmente a su alrededor. Sin embargo, los niños corrieron a su lado y le ofrecieron su compañía sin mediar palabra, solo permaneciendo atentos.

Al instante, el pájaro negro regresó y en su pico traía un par de zapatos amarillos que procedió a entregar a la niña.

La niña los recibió, se los colocó en cada pie, sonrió a los niños, se levantó y antes de irse del parque les dijo:

—Avísenme cuando deseen cambiar los suyos. Les conseguiré unos de otro color.

Resulta ser que los zapatos son recibidos a su vez por el señor Tomás Bertol, quien los cose, arregla, lustra y pule.

Luego, los distribuye con ayuda de los pájaros a todos los niños que visitan dicho parque como señal de amistad solidaria y perpetua.

Los niños, asombrados, se miraron entre sí mientras la niña se retiraba; luego, se voltearon maravillados hacia el pájaro negro que se alejaba del parque con su vuelo rápido.

Y en eso, el perro se levantó para ir tras la niña y con una sonrisa les informó a los niños:

—Antes de pedir otros zapatos, no olviden traer los suyos...y por cierto, el pájaro negro también acepta sandalias y alpargatas.

El ancianito

I

Lolita se acercó para ver si se encontraba con vida, miró a su alrededor en un giro de 360 grados, observó su caja torácica, escuchó su aliento vital, le habló, le preguntó cómo se sentía y qué pasaba. No respondía. Tomó su mano, agarró el cuchillo rápida y cuidadosamente; por la hoja nunca y sí por el mango, y lo colocó lejos, sin alcance.

Después volvió a hablarle, le preguntó acerca de él, por qué se encontraba en esa situación, qué era de su familia, de los suyos. Procuró sentarlo poco a poco pues no mostraba golpes o porrazos ni característica alguna de caída brusca ni traumática.

Pensó Lolita en sus viejos, en los viejos de todos, en la vida de los ancianos, en el valor de la vida, en la oportunidad de ser y sentirse joven. Pensó en sus escasos diez y ocho años.

Meditó fugaz y repentinamente en la angustia, en la ira y miseria de tantas vidas humanas, en el término de la batalla, en el desequilibrio del ser humano. Pobre anciano sobreviviendo en esta noche caraqueña. A fin de cuentas, "Esta es una jungla llena de cabillas", pensó.

Lo incorporó como pudo, pero sentarlo requería de una silla o banco. Así que se colocó en cuclillas para apoyarlo en su espalda. Pretendió llamar a emergencias para buscar más ayuda. No tenía señal telefónica en su celular. Nadie respondía. Nadie se acercaba.

El anciano abrió los ojos con lentitud, con mucha lentitud, se rió, y Lolita volteó su cara para poder encontrar sus ojos, y el anciano le dijo muy cerquita al oído con voz bajísima, con aire clandestino.

—¡No te asustes, me gustan las bromas! ¡Siempre se acerca alguien a ayudarme! Únicamente es una broma que hago algunas veces para entretenerme, cuando estoy solo. Es una forma de calibrar a la gente que está a mi alrededor.

II

—¿Cómo te llamas?

—Lolita.

Lolita lo ayudó a levantarse completamente. El viejo se limpió la ropa, ajustó los zapatos, recogió y colocó sus lentes, y le dijo:

—¿Sabes? He pasado media hora acostado en el piso. Nadie se había detenido. Puedo concederte un deseo por tu amabilidad y generosidad que demuestra respeto por tus semejantes y por los ancianos.

Lolita asintió con la cabeza, aunque un tanto escéptica.

El viejito le informó:

—No se trata de dinero, de joyas o bienes materiales.

Lolita iba a continuar su marcha, y el viejito la tomó por un brazo y le pidió que lo oyera:

—¡Se trata de algo más valioso! Es un consejo que recibí de mis padres y estos de mi abuelo. Oye con atención. Si lo practicas, serás más feliz que yo. Y lo mejor es que podrás otorgárselo a los tuyos. Lolita, dame la espalda. No me veas. Solo oye mis palabras. Voltea hacia el sur.

Lolita se volteó y le oyó:

—La vida es una lucha por el constante cambio; es la vida misma un gran cambio y el reto es acostumbrarse a cambiar día a día.

Lolita no oyó más al viejito. Se dio vuelta y ya no se encontraba, había desaparecido; y sorprendida por lo ocurrido prosiguió su andar hasta la casa.

Al llegar...tocó la puerta varias veces, y nadie abrió. Buscó en su bolso a ver si tenía alguna llave que pudiera abrirle, lo cual resultó infructuoso pues la había olvidado en su trabajo. No la encontró. No se imaginaba dónde estaban sus padres y su hermano.

—Caramba —se dijo—, Yo me retardé con el viejito. Debieron haber salido sin mí. Se sentó a esperarlos, pensando y meditando en las palabras que le había dicho el viejito.

Precisamente ese día, sus amigos la habían invitado a ir al cine por la noche. A la vez, sus padres le habían pedido que los acompañara al cumpleaños de la tía América. Debía decidir qué cosa hacer, con quién ir.

En eso, el teléfono celular sonó. Era su madre al habla, angustiada. Le informó que su hermano había sufrido un accidente cuanto estaba pintando la casa; se había caído del techo y lo encontraron en el piso. Por eso, salieron intempestivamente al hospital, en carrera y asustados.

Lolita palideció; con susto y mortificación encima, se trasladó al hospital. Llegó a la sala de emergencias y rápidamente saludó a todos, les tomó la mano, les besó y preguntó por su hermano.

—¿Cómo está Javier? ¿Qué pasó?

Respondió su madre:

—Lolita. Lolita. No quisimos asustarte más. Tú hermano está bien. Ya lo atendieron las enfermeras, salieron los exámenes, lo vio el traumatólogo, el neurólogo, también el internista y lo observó el cirujano; y todos relacionan que está muy bien. Están haciendo otros exámenes. ¡Él está bien!

—Pero... se cayó del techo. Eso es grave mamá.

—Él está bien —acotó su padre—. Le están haciendo unos exámenes con el psiquiatra.

—¿Por qué con el psiquiatra?

—Porque se empeña en afirmar ¡que un viejito lo salvó!

Ese día, Lolita, Javier y sus padres cambiaron.

La calle

I

Sus oídos se sobresaltaron al escuchar el fuerte ruido cuando se cerró la puerta de latón que separaba el rancho de la intemperie. Despertó abruptamente y se quitó la cobija felpuda que lo arropaba. Se levantó como pudo, con esfuerzo, pero salió con rapidez de la cama, esa que compartía hasta esa hora de la madrugada con su madre. Nuevamente, sintió la soledad leal que iba en su auxilio diario.

Buscó con sus manos una silla pequeña de esas que sirven para todo, la arrastró con firmeza y apoyándose en ella, se asomó por la única ventana, cuyos vidrios permanecían en retazos a pesar de estar resquebrajados por las piedras.

Irguió su cabeza frente a lo que quedaba de la noche oscura y tranquila, y se esforzó por divisar la calle por la cual vería pasar la silueta de su madre.

Creyó percibir una luz brillante, titilante y difusa que provenía del único foco que quedaba bajo el cual cruzaba la gente que bajaba del cerro.

Otra vez sintió la soledad, pero esta vez amarrada a la ansiedad de alcanzar con la mirada infantil aquella figura repleta de ternura que lo abrazó hasta ese momento cuidando su sueño.

Nuevamente, observó la calle estrecha, sinuosa y con recodos que llevaba y traía gente. Algún día, pensó, la tomaría también solo y sin ayuda de nadie hasta llegar a la bulla incesante de la ciudad. Algún día descubriría la ciudad.

Observó transitar por ella un perro con poca grasa y carne, con la cabeza en alto, blanco con manchas marrones y no tan apurado, que de seguro iba en procura de un suculento desayuno.

Al fin divisó las piernas largas y flacuchas de su madre, inconfundibles al ojo humano, con su andar saltón y solitario que tomaban la calle en ejercicio, sin pausa, sujetando en sus pies los zapatos negros que había limpiado con mucho ánimo unas horas antes. Ella caminaba. Iniciaba su travesía bajo la luna etérea, bajo las pocas estrellas que se habían atrevido a salir esa noche

Allí iba, en su pasaje, correcta y graciosa a otra faena, a sus labores. Pensando en su muchacho, en las esperanzas del nuevo día. Alcanzó al perro delgado, que parecía verla de reojo. Su paso vigoroso no dejaba espacio para la configuración.

Luego, desapareció su forma; había dejado atrás la única bombilla que alumbraba, que en la noche en complicidad con la calle, si sobrevivía durante el día al trato de los niños revoltosos, la iluminaría nuevamente de vuelta con un paso calmo, lento y cansado pero siempre constante.

Entonces y gracias a la calle, la vería atravesar sus surcos en sentido contrario para esperarla con los brazos abiertos y pedirle la golosina que siempre le traía, como si fuera una recompensa por su estadía o por verle el rostro feliz.

Algún día, pensó, vería guardarse al sol, bajaría por el cerro y la esperaría para su sorpresa al final de la calle, escondido en el matorral. Se atrevería a hacerlo, pues ya conocía la calle de tanto verla, de tanto apreciarla, y esta misma calle le ayudaría a regresar.

Únicamente existía un profundo obstáculo: sus piernas.

II

Sí, anhelaba caminar; cansado de no salir de casa quería ir a pasear.

Entonces...entró por la ventana su amigo Beltrán, el gato que vive al lado, con una hoja bajo el brazo que gentilmente enseñó a Rafael.

Beltrán sabía algo de magia y rápidamente convirtió aquella hoja en un avión de propulsión, con dos cómodos asientos.

Invitó a subir a Rafael, y este no resistió la tentación.

Esa mañana salió de la casa volando en compañía de su amigo y pudo apreciar desde arriba, desde el cielo, todos los largos caminos que el cerro posee para su gente, las casitas de diferentes tamaños y colores que corresponden a sus pobladores, la canchita de baloncesto donde juega su primo Antolín, la escuelita donde se aprende a leer, escribir y cantar.

Siguieron volando y dejaron el cerro atrás para adentrarse en la propia ciudad.

Vieron una torre inmensa en la cual laboran muchas personas, con ascensor incluido que baja y sube sin parar; también, una autopista llena de carros grandes y chicos, grúas, camionetas, motocicletas y varios voltees, que echaban mucho humo, tocaban cornetas y gritaban como locos para pasar.

Más adelante, observaron una plaza reluciente, con estatuas, jardines y fuentes, con niños y adultos sentados en bancos de metal pintados de verde oscuro, situados por todas partes, y un heladero en una esquina repartiendo paletas de limón.

Ya agotados y con poco combustible en el tanque, Beltrán emprendió el viaje de regreso, esta vez para descansar en casa.

Pero los golpeó un viento fuerte, tan fuerte que desvió el curso del avión y los llevó a transitar por lugares apartados, en los cuales solo se visualizaba puros árboles y vegetación.

Tuvieron que aterrizar cerca de un gran río. Beltrán como buen piloto estacionó la aeronave con destreza y con brío.

Los atendió Filomena, la viuda de un amigo de Beltrán. Los ayudó a surtir combustible cargando un garrafón que tenía arrimado en algún lugar.

Preparó unos patacones un poco calientes nada fríos y unas torticas dulces, redondas y pequeñas realizadas con harina de trigo, leche, sal y rellenas con azúcar.

Filomena los conmovió con su talento culinario y hospitalidad. También, les obsequió un poco de seda que estuvo hilando en la mañana. Luego del buen almuerzo, alzaron el vuelo esperando llegar salvos y seguros a la meta.

La observaron mientras los saludaba desde su cueva gritando de alegría con todas sus patas alzadas. Le agradecieron su gran colaboración, ciertamente desinteresada.

Así, vinieron volando y aterrizaron en el cerro. Había terminado su día y esta fabulosa travesía.

Le había prometido a Beltrán que guardaría en secreto su aventura. Le aseguró que otro día irían a pasear bajando por el cerro en locomotora para invitar a otros niños.

Se despidieron, agradeció su compañía, se acostó en la cama muy quieto y en un santiamén se quedó dormido.

Su madre llegó en la noche, le despertó, y adivinen qué pasó. Le obsequió un avioncito de hojalata y diez chocolates. No le preguntó de dónde había obtenido la seda que mantuvo agarrada con la mano derecha.

Antes de dormirse, su madre le dio la bendición, oraron, y colocó debajo de la almohada una libreta y un cajoncito de madera.

Abrió el cajoncito y traía adentro varios lápices de colores. Había además una nota que decía:

"Para que narres y dibujes todos tus paseos".

ESTA LLUVIA

Alberto caminaba por la gran avenida con un periódico en la cabeza buscando protección contra el agua abundante que se vertía sobre la ciudad. Miró el reloj, eran las 5 y el sol siguió escondido entre las nubes negras.

Nadie saldría a merodear, y quienes como él todavía andaban por allí buscaban un refugio que les proporcionara al menos alguna protección. En eso una mano cualquiera de las que vive en la calle, desconocida y mojada, con cuatro dedos y sin pulgar, se extendió, y siguió extendida...llamándole a su lado.

Sin pensarlo se detuvo y mientras se agachaba para sentarse a su lado pasó un perro negro, grande, veloz, que corría con rapidez, y también se detuvo para engancharse tercamente con sus dientes al tobillo de Alberto y soltarlo casi súbitamente.

Sin sentir dolor, de inmediato, comprendió que ese no era su sitio, que ese era el sitio del canino, y que él tenía más derecho y fuerza que Alberto para quedárselo.

Se levantó inquieto y siguió caminando con más ganas y más lluvia, con una lluvia torrencial encima; giró la cabeza y vio cómo el perro, de rodillas, se arropaba bajo las cobijas de ese buen señor, que seguro era su amo.

Pero allí estaba. Allí estaba ella. Alta, rubia, vestida de negro, de piernas largas. ¿Qué hacía esa mujer en la gran avenida? Se acercaba en sentido contrario, menos complicada que Alberto, con caminar calmo y paraguas en mano; cruzaron miradas, y sonrió la mujer. Cuando Alberto creyó que le ofre-

61

cería un lado para aplacar su angustia, apenas se detuvo y le dijo al oído sacando un billete del bolsillo:

—¡El periódico no sirve, compra un paraguas!

Y en el acto, la chica procedió a entregar el billete al buen señor de cuatro dedos.

El perro le agradeció moviendo su cola empapada de agua.

GRACIAS TÍOS

I

Samuel se acostó asustado por la noche fría y comenzó a recordar las imágenes monstruosas que se peleaban en su mente para ver cuál le atemorizaba más.

Prometió antes de ir a la cama que jamás volvería a mirar una película de terror en la que fallecen todos los protagonistas devorados y engullidos por un engendro negro con un solo ojo, tan horrible y espantoso. De esos que toleran balas, fuego, toda clase de armas. Que son invencibles.

No había ninguna luz artificial ni natural, ya que la vela yacía derretida sobre la mesita colocada en la esquina extrema de la habitación, y la luna se había escondido hacía varias noches atrás; más precisamente, con su llegada al pueblo andino que lucía infinito en las noches y verde en el día.

Trataba de cerrar los ojos, y estos se empeñaban en observar la ventana apenas trancada, que se resistía a dejar entrar el viento fuerte y los embates de las ramas del árbol de cedro que se venían sobre las paredes de la casa campestre en la que se alojaba.

Su hermana mayor, con quien le habían enviado desde la ciudad a las exequias, funerales y rezos de su viejo tío, ido al otro mundo como resultado de una penosa enfermedad, decidió también dormir sola en otra habitación, pero a la cual accedía su primo de forma furtiva luego que todos se dormían penetrando en silencio y a espaldas del resto de los primos.

Esa noche, gracias a la tempestad, gracias al ruido del bosque bravo por la lluvia, Samuel no sentiría los gemidos, las risas y los griticos que su hermana y su primo se regalaban en cada encuentro y que serían una parte sustancialmente extraña de la experiencia vivida en esa misión familiar.

Bastaba para imprimir más susto a la ocasión nocturna la sola imagen de la niña pálida y rostro afligido con vestido blanco que corresponde a la tía colocada en esa habitación que funge como su biblioteca, con libros viejos por doquier, apilonados en estantes de madera que no aguantaban mucho.

O la figura apretada de su tío en el ataúd viéndolo luego sumergido en el foso del cementerio donde permanece en espera de escolta, en una procesión digna de un prócer independentista, un gran séquito, muchos llantos y angustias, palabras célebres del cura, del jefe civil. Todo a la vez. Son demasiadas emociones para un niño de 9 años.

El único que le acompañaba era el viejo perro de la casa de nombre Roberto, que era confinado todas las noches de lluvia a esa misma habitación porque a su edad ya no podía controlar los esfínteres y se despertaba en medio de un pozo oloroso que penetra los pisos del segundo nivel de la casa, conducta que Samuel comprende y ha aprendido a aceptar.

Samuel no podía moverse ni levantarse, pues había acomodado su cobija para protegerse contra el recuerdo del monstruo, el frío y la oscuridad convirtiéndola en un tubo cilíndrico de auxilio y amparo, casi inexpugnable de pie a cabeza. Cerró los ojos. Durmió un momento.

Sin embargo, de pronto, oyó un toque leve en su puerta que se repitió dos veces más. Roberto ni se percató. Parecía parte del sueño o que alguien estaba en la puerta del cuarto. "¿Quién será? ¿Quién será a esta hora?", pensó.

II

En eso se abrió la puerta lentamente, poco a poco; no podía apreciar nada, parecía ser una figura baja; únicamente, sintió una manita delgada, pequeña, arrugada, gélida que le quitó la cobija con precisión y sujetó su mano derecha; y una voz tenue, le susurró al oído:

—Ven conmigo, hijo. ¡No tengas miedo!

Se trataba de su tía, una viejita nada atenta, pequeña y frágil, pero con fama de testaruda, que sobrevivió a su tío. Ahora, ella sola se encargaba de la casa y le invitó a dormir en su habitación.

Samuel agradeció esta grandiosa salvación en medio de las circunstancias. Ya no tendría más temor. Ya podía dormir bien. Pensó que descansaría en un sitio salvo.

Llegaron a la habitación de la tía, que se encontraba al final del pasillo, caminando con la calma apropiada. Le ordenó entrar. La luz de las velas encendía todo el gran cuarto atiborrado de muñecos y muñequitos de diferentes colores. Le dijo:

—Ya regreso. Voy a encargarme de algo.

La tía bajó por las escaleras el colchón que Samuel había utilizado esa noche, como pudo, hasta la sala de la casa con mucho esfuerzo pero con decisión; buscó querosén en el cuarto de máquinas y roció el colchón. Lo introdujo doblado y apretujado en la chimenea, y este empezó a quemarse. Nadie se despertó. Nadie supo. Solo Samuel.

Regresó al cuarto. Se sonrió. Y le dijo:

—No puedes acostarte en mi cama, hijo. ¡Quítate la ropa!

Samuel la miró a los ojos, que no se movían, serios, impolutos. Se convenció de que era una orden. Le acotó que hacía mucho frío, pero a fin de cuentas la tía insistió. Samuel se quitó su pijama, se quedó en paños menores, en interior; sintiendo mucho frío, abrazándose a sí mismo.

—Hijo, báñate. ¡Báñate! No importa la hora ni el frío. Quita también tu interior. Llevas dos noches mojando la cama. ¿Tienes algo que decir?

Samuel contestó:

—Perdóname, por favor, tía.

—Yo perdono, hijo, pero él no.

La tía levantó el dedo índice de su mano derecha para señalar el cuadro de su esposo, ataviado como oficial del Ejército, circunspecto, bravo, sobrio, elegante, pero sin el ojo izquierdo que había perdido en batalla, según decían todos. Sin el ojo de vidrio con el que fue sepultado y sin los lentes negritos que utilizaba en vida.

—Él siente que te orinas en su honra, hijo. Estás meando su casa. Entonces, te voy a curar esas micciones nocturnas incontroladas. Ahora sí. Báñate.

Colocó el pijama mojado en el piso. Entró a la ducha. Se bañó apresurado en medio de semejante frío. Pero lo que más le asustaba era la actitud de la tía. La insólita conducta de la tía.

—No se vista, hijo. No se ponga nada.

Samuel se secó rápidamente con una toalla felpuda.

—Existe una cura —sonrió la tía—. ¡Ya basta con el perro en esta casa! Voy a enseñarte el poder del perdón y yo te perdono.

Y le informó:

—Debes entender, que te puedes curar, pero el colchón que mojaste por dos noches seguidas no tiene cura.

La tía cerró la boca, se dirigió al closet. Abrió sus puertas. Alzó su mano y comenzó a bajar ropa.

Le dijo a Samuel:

—Ahora me sacrificaré, pero te curaré. Voy a colocarte los trajes de tu tío todas las noches que permanezcas aquí en casa y, a la vez, vas a dormir conmigo en nuestra cama. Mira que al perro le he venido colocando amarrados con tirro los interiores de mi esposo y ya se curará. Ya verás, no te orinarás más durmiendo.

III

Esa noche Samuel no durmió, pues la tía roncaba muy fuerte, el miedo no le permitía pegar los ojos. Además, se acostó con el traje de Coronel del Ejército que, a pesar del esfuerzo de ambos, fue mojado inconscientemente por Samuel; seguramente, de la impresión a la que fue sometido esa noche especial. La siguiente noche, su tía le puso un flux azul con corbata gris, que su tío utilizaba una vez al mes para ir al banco a cobrar la pensión. La noche que siguió, otro flux de color verde, que le iban a poner a su tío para enterrarlo en el cementerio, a no ser por la presión de sus primos de colocarle el último uniforme militar con el cual fue homenajeado por el Alcalde al cumplir 35 años de prolífica carrera en favor del país.

Tanto este atuendo como todo lo que estaba en el closet, lo usó en las noches de desvelo que pasó al lado de su tía, bajo la mirada y burla de las velas que nunca se apagaban, y viendo también el rostro de su tío que le escrutaba desde el cuadro; quizá, esperando el mejor momento para propinarle su merecido bajando desde donde estaba.

Al fin y al cabo, cuánto le había costado al Coronel obtener esos costosos trajes, cuántas batallas, guardias, comisiones militares, rigurosos desfiles, difíciles combates.

Ella, la tía, siempre usó la misma pijama gris, que según le informaba cada noche a Samuel, de forma regular y repetitiva antes de acostarse, el tío le había regalado en su luna de miel.

Una vez procuró invitarle a un paseo por el pueblo en el carro de su tío. La hermana y los primos de Samuel no se lo permitieron y los bajaron en pleno garaje. Allí, en ese episodio, se rasgó el pijama de la tía.

Todo fue absolutamente mojado por Samuel, nada quedó sin mojar, y la tía nunca pudo conseguir su colchón seco en las mañanas. Así, fue vaciando el closet del tío, noche a noche y día a día, en un ejercicio secreto entre ambos deshaciéndose de toda la ropa a costa de las micciones nocturnas que se sucedían en esa casa.

Pasados los rezos fúnebres, Samuel regresó a su casa con la hermana y, por supuesto, jamás le contó a nadie lo vivido durante esos días infantiles. Más bien lo utiliza para reírse de vez en cuando.

No sé si la tía perdonó el desastre que hizo con su colchón, que también fue quemado por ella una noche encima de la tumba del tío. Siendo este último evento altamente comentado en el pueblo. Tampoco sabe Samuel si fue un instrumento casual de venganza.

Samuel cree que su tío donde se encuentre, no lo ha perdonado aún, pues no quedó un uniforme intacto. Y no hay lavandería en el pueblo. Se dice que la tía quemó toda esa ropa, menos los interiores que aún usa en Roberto.

Me enteré de que la tía fue internada por sus hijos en un sanatorio donde la visitan una vez al mes; y en la casa, viven la hermana de Samuel y el primo.

Desde que Samuel llegó del campo, no ha mojado más la cama.

¡Gracias tíos! Ánimo, Roberto.

El ebanista

Mi papá, de visita en el pueblo de Magdaleno, compró tres sapitos de esos que son hechos en moldes de yeso.

Tres sapos gordos: uno grande, otro mediano y el último, muy chico.

Los tres sapos son de color verde claro con el cuerpo lleno de manchas negras y una gran papada abultada de color amarillo, que también sirve de pecho amplio.

Los tres tienen grandes ojos negros, siempre fijos y vigilantes que se consiguen con una nariz pequeña descrita apenas por dos puntos negros, y luego le sigue más abajo una delgada sonrisa pincelada con una línea roja; a excepción del sapo más grande que muestra la boca sonriente y totalmente abierta.

Mi padre los colocó en formación horizontal, uno al lado del otro, parados en el piso de caico del porche mirando hacia la puerta principal, como cuidando la entrada. Allí no reciben las inclemencias del sol, y la sombra preserva sus colores.

Pero el martes pasado, me levanté muy temprano a hablar con las plantas y los encontré en la cocina, dispersos, en busca de alguna cosa. Los levanté, devolviéndolos a su lugar.

Y ayer por mañana, estaban en el patio trasero hablando con un ciempiés que contrató mi madre para pintar la pared perimetral.

Como no podía oír lo que decían, me acerqué lentamente a una de las ventanas que da al patio. Me arrimé lo necesario y con sigilo para oír aquella conversación que más bien era una discusión.

El sapo más chico reclamaba con voz airada que le permitieran regresar al pueblo, a su Magdaleno, porque deseaba seguir confeccionando muebles de madera de samán y además agregó que no le gustaba la función de velador para la cual había sido destinado.

Salí al patio a sorprenderlos, y los tres sapos en el acto dejaron de hablar. Tiesos y rígidos como estaban, acomodé a los dos más grandes en su lugar, y me quedé con el más chiquito para poder hablar.

Lo miré a los ojos para informarle que, si en verdad eso es lo quería, podía convencer a mis padres para que le permitieran regresar.

Esperé su respuesta, y al cabo de unos minutos se dispuso a charlar. Me dijo:

—Es que yo soy ebanista, Sofía. No soy un simple carpintero. ¿Sabes lo que eso significa?

Me hice la que no sabía, y pronto comenzó a explicarme.

—El carpintero labora con la madera, pero el ebanista desarrolla técnicas para construir muebles de todo tipo.

Y yo seguía oyéndolo con atención.

—Sí, Sofía, el ebanista produce muebles más acabados, está interesado en el diseño, la marquetería, el torneado, la talla. Debido a ello, tiene que practicar mucho en los talleres. Y yo, aquí, no practico nada. Mi último mueble es un banquito para cinco personas que doné a la escuela.

En eso, se acercó a trote limpio un escarabajo marrón oscuro comiendo un pedazo de lechuga, que a veces merodea por la casa sobre todo cuando va a llover. Interrumpió al sapito para apoyarlo:

—Sofía, ese sapito no es feliz aquí. Te propongo algo. Dale un día libre para que vaya a los talleres y así pueda practicar. Con mis seis patas, lo puedo llevar rápido.

Bueno, como sentí a mis padres acercarse, suspendí el diálogo, les ordené a todos que se callaran y fueran a sus puestos y les prometí reflexionar al respecto durante el día.

En la noche muy tarde, cuando todos dormían, despedí y le abrí la puerta al sapito para que en su añorado Magdaleno pudiera vivir y trabajar.

Hoy temprano en la mañana, ha regresado un sapito; aunque muy serio y arreglado este no es el mismo. Es igualito al ebanista, pero este reclamó su cargo proclamando contento:

—¡Este mi sitio!

Ahora todo está en calma. Mis padres todavía duermen, el ciempiés continúa pintando; el escarabajo, masticando una nueva y rica lechuga; los tres sapos, observando.

Índice